INVENTAIRE
Ye34.675

ALI VIAL DE SABLIGNY

LES

GRAINS DE POUDRE

Prix : 50 centimes.

PARIS

CHEZ A. DESCHAMPS, PAPETIER-LIBRAIRE

54, FAUBOURG DU TEMPLE

1871

ALI VIAL DE SABLIGNY

LES

GRAINS DE POUDRE

Prix : 50 centimes.

PARIS

CHEZ A. DESCHAMPS, PAPETIER-LIBRAIRE

54, FAUBOURG DU TEMPLE

1871

Ye

34675

S 156 375

IMPRIMERIE DE PH. CORDIER,
rue du Faub. St-Denis, 49.

PRÉFACE.

Avec plus de raisons que bien d'autres, l'auteur de cette brochure aurait pu s'engager dans le régiment des *francs-fileurs*, mais il a cru de son devoir de rester là où était le danger. A défaut de son bras, il a voulu mettre son intelligences au service de sa patrie qu'il aime comme une mère; incapable de tenir un fusil, il a trouvé assez de forces pour saisir une plume et c'est avec cette arme qu'il a fait la campagne de 1870-71. Ce sont les accents de son cœur qu'il offre aujourd'hui au public, écrits au bruit de la fusillade, au mugissement du canon, entre un morceau de pain noir et une ration de cheval.

LE CHANT DE GUERRE

RÉCITÉ PAR

M. BEAULIEU

A BA-TA-CLAN.

Allons, tambours, battez ! et vous, clairons, sonnez !
Debout, frères, debout pour la sainte vengeance !
Roulez sur vos affûts, et, lourds canons, tonnez !
La République a lui, qu'elle sauve la France !

O fils de la Patrie, un peuple audacieux
A souillé notre sol de son pied téméraire !
Que voudrait-il encor, ce peuple ambitieux ?
Répandre sur Paris son venin de vipère !
Ils voudraient, ces Prussiens que je hais de tout cœur,
Sur nos murs écroulés implanter leur bannière ;
Mais nous sommes tous là, le pied ferme et sans peur,
Prêts à les repousser dans leur sombre tanière.

Ils voudraient voir nos fronts se courber devant eux
Et sous un feu vainqueur écraser notre armée ;
Ils voudraient asservir ce pays valeureux
Et dans notre drapeau se tailler un trophée.
Ils voudraient effacer ce grand nom de Français,
Éteindre ce fana   s'éclaire le monde !
Ils voudraient   dits, par d'infâmes succès,
Voiler notre éc   n de leur blason immonde !

Ah ! nous leur apprendrons ce qu'il peut en coûter,
A ces affreux vautours, à ces corbeaux rapaces,
De menacer la France et de nous insulter,
Nous, les fiers descendants des plus superbes races.
La foudre est dans nos cœurs et l'éclair dans nos yeux ;

Vainement ils voudraient du livre de l'histoire
Déchirer les feuillets qu'ont écrits nos aïeux,
Auxquels nous ajoutons notre page de gloire.

A peine si leur sang répandu tout entier,
Coulant comme un flot rouge au milieu de nos plaines,
Au jour qui va briller suffira pour châtier
L'insolence et l'orgueil de ces énergumènes.
A peine si leurs corps, déchirés, en lambeaux,
Suffiront pour venger d'abominables crimes !
Que partout, sous leurs pas, se creusent des tombeaux,
Qu'ils soient ensevelis dans de profonds abîmes !

Que leurs chants triomphals se changent tout à coup
En imprécations, en longs cris d'épouvante !
Poursuivons les Prussiens et toujours et partout,
Ni grâce ni merci pour la horde haletante !
L'heure s'en va sonner où, pour leurs vanités,
Le néant s'ouvrira ! Prussiens, prenez bien garde
Qu'en un cercle d'airain vos jours ne soient comptés !
Qu'entrés vivants ici, tous morts on ne vous garde !

Allons, tambours, battez ! et vous, clairons, sonnez !
Debout, frères, debout pour la sainte vengeance !
Roulez sur vos affûts, et, lourds canons, tonnez !
La République a lui, qu'elle sauve la France !

SENTINELLES, VEILLEZ!

POÉSIE RÉCITÉE PAR

Mme Eugénie PETIT

HOMMAGE A LA GARDE NATIONALE
DE PARIS.

Sentinelles, veillez sur le haut des remparts !
L'arme au bras, attentifs, remplis de vigilance,
Et prêts à faire feu sur ces soldats cafards
Qui n'aiment pour frapper que l'ombre et le silence.

Veillez, amis, veillez, et de jour et de nuit,
Sans jamais vous lasser ni vous laisser abattre.
Songez à l'ennemi qui vous guette sans bruit,
Et que sans fin ni trêve il va falloir combattre.

C'est vous qui répondez du salut de Paris ;
Entourez la cité d'un cordon de défense,
Et que les assiégeants par vos efforts surpris
Voient à tous les instants grandir la résistance.

Veillez pour le bon droit, pour l'intérêt commun ;
L'heure n'existe plus des plaisirs et des fêtes,
Des devoirs importants incombent à chacun,
Il nous faut réparer de terribles défaites.

Déployez votre ardeur, le péril est pressant !

Vos frères sont tombés sur les champs de bataille ;
Les échos ont frémi sous l'organe puissant
De l'airain meurtrier qui vomit la mitraille.

Sentinelles ! veillez sur le haut des remparts !
Avec émotion l'Univers vous regarde ;
Veillez pour les enfants, les femmes, les vieillards :
Deux millions d'habitants dorment sous votre garde.

Votre tâche est sublime, ô nobles citoyens !
On doit à la patrie un concours énergique ;
La paix, la liberté sont les plus chers des biens,
Sachons les conquérir avec la République.

Sentinelles, veillez ! l'avenir gravera
Sur le bronze vos noms, dont l'histoire est jalouse ;
Où Strasbourg a lutté, Paris triomphera :
Le siège de Paris vaudra quatre-vingt-douze !

20 octobre 1870.

AUX
MESSAGERS DE LA PATRIE

POÉSIE RÉCITÉE PAR

Mme Eugénie PETIT

HOMMAGE A M. LE BARON LARREY.

Venez, ô chers pigeons, messagers du ciel pur,
    Ouvrez, ouvrez vos ailes !
Elancez-vous légers au milieu de l'azur,
    Apportez des nouvelles !

Paris n'a plus, hélas ! qu'un étroit horizon !
    Et pour calmer ses craintes,
Il n'espère qu'en vous ! Venez de sa prison
    Adoucir les étreintes.

Paris ne sait rien, lui ! tandis que vous, là-bas,
    Vous avez vu nos frères :
La province se lève et marche, n'est-ce pas,
    Le cœur plein de colères ?

Elle va nous aider à chasser les Prussiens,
    Peuple infâme et barbare
Tel qu'on n'en vit jamais dans les siècles anciens,
    Et que l'orgueil égare.

Dites, charmants pigeons, pour nos vaillants guerriers
    Déjà couverts de gloire,

Revenez-vous chargés d'innombrables lauriers,
    Doux fruit de la victoire?

Que vous serez heureux de regagner vos nids !
    Vos fils viennent d'éclore,
Et vous pourrez soigner la mère et les petits
    Que votre cœur adore.

Vous ne vous doutez pas quand vous quittez le sol
    Et planez dans la nue,
Que la mort, pour briser l'élan de votre vol,
    Guette votre venue !

C'est à vos jours qu'en veut du farouche épervier
    La redoutable serre !
Une fois dans nos murs vous pourrez défier
    Ce dangereux corsaire.

Vous serez garantis à l'ombre des remparts,
    Armés et formidables.
Vous verra-t-on un jour peints sur nos étandards,
    Sauveurs incomparables ?

Nous saurons vénérer comme un saint souvenir
    Votre mission d'ange,
Et puis, vous entendrez un peuple vous bénir,
    Gracieuse phalange !

Nous voudrions avoir, pour vous le consacrer,
    Un Capitole, un Temple,
Car, Rome, dans l'histoire, est seule à nous montrer
    Un aussi noble exemple.

O pigeons-voyageurs ! que votre sort est beau !
    Pour vous ici l'on prie !
Et l'an soixante-dix vous aura fait l'oiseau
    Sacré de la Patrie,

Paris, 4 décembre 1870.

ENCORE UN EFFORT

Aux Vainqueurs de Champigny & du Plateau d'Avron.

Plus qu'un effort! un seul, et puis tout sera dit!
Songez-y, cet effort nous sauve et nous délivre!
Qu'il ne reste plus rien de ce peuple maudit
Qui de destruction et de sang était ivre!

Plus qu'un effort! un seul! en avant! fiers guerriers,
Trop longtemps la fortune à nos armes rebelle
Sous les pas des Prussiens a semé des lauriers,
La gloire des succès nous revient avec elle.

Parjures, trahisons, crimes et lâchetés,
Pillages odieux, meurtres épouvantables,
Voilà de quels forfaits, de quelles cruautés
Les Prussiens en son nom se sont rendus coupables!

Ils en ont fait, hélas! leur complice un instant :
C'était trop l'abreuver de honte et d'infamie,
Et lassée à la fin de ce rôle insultant,
Elle les abandonne et se fait notre amie.

Nous avons vu tomber l'Empire et ses valets,
De Napoléon III l'aigle enfin est en fuite;
La liberté pour nous a déjà des reflets,
Mais du vieux roi Guillaume il faut vaincre la suite.

On les dit fort nombreux, ces noirs envahisseurs.
Ils ne seront pas trop pour la grande hécatombe !
L'Allemagne a voulu nous doter d'oppresseurs,
Nous les lui montrerons couchés dans une tombe !

Nous avons dû passer vingt ans, entendez-vous ?
Vingt ans en esclavage, et, nos chaînes brisées,
Nous nous résoudrions à les revoir sur nous,
Sur nos fronts radieux aujourd'hui reposées.

Allons donc ! c'est folie et vous n'y pensez pas !
Le despotisme est mort et bien mort pour la France ;
Que plus loin les tyrans aillent porter leurs pas !...
Vive la République ! elle est notre espérance !

22 décembre 1870.

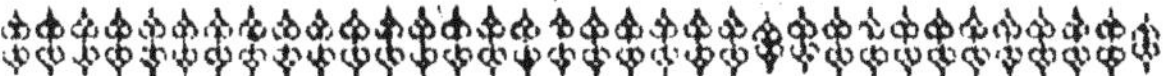

A SA MAJESTÉ GUILLAUME

Roi de Prusse, Empereur d'Allemagne

A PROPOS DU BOMBARDEMENT.

De tes iniquités, si nombreuses pourtant,
La liste, à ton avis, ne saurait être close ;
Non, tout cela n'est rien, et tu n'es pas content,
Tu prétends à ta gloire ajouter quelque chose.
Pendant l'obscurité tu bombardes Paris,
De malheureux enfants, des femmes sans défense
Tombent sous les obus, tandis que toi, tu ris
Sans voir combien pour toi la haine marche en France.

C'est en lettres de sang que l'histoire inscrira,
Guillaume, tes hauts faits au livre des batailles,
Et devant ces récits l'Univers frémira
Indigné, révolté, jusque dans ses entrailles.
Quel esprit infernal te souffle tant d'orgueil
Et te pousse à plaisir dans de folles conquêtes ;
Si la France est en pleurs, l'Allemagne est en deuil,
Si Paris souffre, hélas ! Berlin est-il en fêtes ?

Tu veux être un César, tu seras un Néron,
Et l'empereur romain sortirait de sa tombe
Que devant toi, peut-être, il courberait le front !..
Mais songe aussi comment un despote succombe.
Au milieu des vapeurs d'un trop prodigue encens,
Guillaume, crains de voir se dresser la justice !
Redoute de sa voix les éclats menaçants,
Roi, prends garde à son bras, qu'il ne t'anéantisse.

Soixante-treize hivers ont blanchi tes cheveux,
Soixante-treize hivers ont ridé ton visage,
Et tu peux contempler le tableau douloureux
De mères, d'orphelins victimes de ta rage.
Ne crains-tu pas, dis-moi, sanglante majesté,
En vidant à longs traits ta coupe de Bohème,
Ne crains-tu pas, dis-moi, pour la réalité,
D'avoir pris aujourd'hui, la chimère elle-même.

Un jour, tu verras clair, mais il sera trop tard,
Si des illusions le bandeau se détache,
Devant notre drapeau, devant notre étendard,
Alors, il te faudra rabaisser ta moustache.
On ne nous forge pas des entraves en vain,
Tu te moques du flot, mais le flot peut t'atteindre,
Il grossit en silence, et cet horrible bain
Du sang de tes soldats, s'il venait à se teindre ?

Un tigre, sais-tu bien, est moins cruel que toi ?
Qui donc, à pareil prix, t'envîrait ta couronne
Et se revêtirait de ton manteau de roi ?
Non, non, pour l'accepter il n'existe personne.
Il est si beau pourtant de régner par la paix,
D'être un monarque aimé, de répandre la joie,
De faire autant d'heureux que l'on a de sujets...
Mais en toi Dieu n'a mis qu'un cœur d'oiseau de proie !

Paris, 10 janvier 1871.

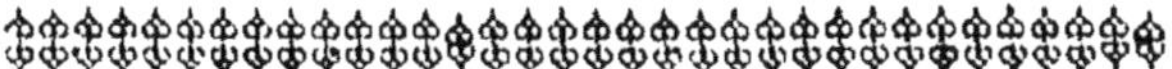

DEUIL!

A MES AMIS

Edouard DE LAFONT, du 205ᵉ bataillon de la garde nationale
et **Alphonse RAVENEL**, du 26ᵉ de ligne.

La force a triomphé, c'est le droit qui succombe !
Paris, la noble ville, expire, hélas ! et tombe.
L'inexorable sort nous frappe jusqu'au bout,
Et nous lance aujourd'hui son plus terrible coup.
Il ne nous reste plus qu'à jeter bas les armes,
Etouffer nos sanglots et dévorer nos larmes.
Allez, cloches, sonnez le lugubre tocsin,
Sonnez, et vous aurez pour écho notre sein.
Ils sont partis les jours d'espérance et de joie.
L'abîme s'est ouvert et nous sommes sa proie.
Au monarque allemand, dont le sceptre est de fer,
A Guillaume notre or, notre sang, notre chair,
A lui, toujours à lui, l'Alsace et la Lorraine !
Déchaîné contre nous, le torrent nous entraîne !
Le vainqueur à son gré nous a dicté ses lois,
Les airs ont retenti de sa puissante voix :
Nous avions résisté pendant dix-huit semaines,
Il fallait, après tout, le payer de ses peines.

Que de travaux perdus, d'efforts infructueux !
Voilà le résultat et le prix monstrueux
De tant de dévoûment, de tant de sacrifice :
Au joug de l'étranger, il faut qu'on obéisse !
Tout s'efface et s'éteint, tout croule et disparaît !
Qui l'eut dit, qu'un tel jour pour nous se lèverait !
Le pampre qui gaîment courait sous la tonnelle

Fera place aux bouquets de la triste immortelle!
Le sol va se couvrir de funèbres cyprès!
Ah! qui donc nous rendra l'ombre de nos forêts,
Le gazon et les fleurs de la verte prairie?
Quand donc entendrons-nous le rude essieu qui crie
De la lourde charrue? Aux foyers ruinés,
Débris encor fumants, squelettes décharnés,
Qui donc rendra le calme, et la paix et la vie?

Te voilà terrassée, ô France, ô ma patrie!
Ce titre de Français, à la fois noble et doux,
Trop souvent envié ne fait plus de jaloux!
Parmi les nations, tu marchais la première,
C'est à recommencer une œuvre tout entière!...
N'importe; soyons grands devant l'adversité,
De souffrir en silence ayons la dignité!
Quand on courbe le front, c'est qu'on se sent coupable,
Et Paris ne l'est pas; Paris fut admirable!
On a brisé son glaive, on a lié ses bras,
Mais son patriotisme, on ne le nîra pas!
Laissons saigner nos flancs sous la blessure amère!
Imposons le respect par notre calme austère!
Que seuls des crêpes noirs, aux drapeaux suspendus,
Soient le signe de deuil de nos cœurs éperdus!
Supportons nos malheurs, car en ce jour funeste,
Si la gloire nous manque, au moins l'honneur nous reste!

3 mars 1871.

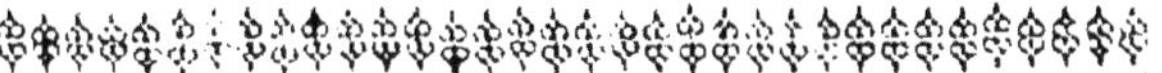

RETOURNONS AU TRAVAIL (*)

___

Les accents du canon ne se font plus entendre,
Il nous faut aujourd'hui déposer le fusil,
La lutte est terminée; eh bien! sans plus attendre,
Courons à l'atelier et reprenons l'outil.
Sachons reconquérir des jours purs et prospères,
C'est le travail qui seul peut nous vivifier;
Retournons au travail, souvenons-nous, mes frères,
Qu'avant d'être soldat, on était ouvrier.

Au travail, au travail! Forgeron, à l'enclume,
Debout avec le jour, c'est un devoir sacré!
Artiste, à tes pinceaux; écrivain, à la plume,
Et le globe avant peu sera régénéré.
Vous avez dans vos mains le salut de la France,
A l'ouvrage, vous tous, montrez à l'univers,
Aux monarques frappés de stupeur, d'impuissance,
Qu'un triomphe éclatant suit de près nos revers.

Le camp des travailleurs forme une noble armée
Qui porte pour drapeau : Courage, espoir, honneur,
Qui doit rendre au pays toute sa renommée!
Salut à ces enfants, salut à leur ardeur!
C'est eux qui répandront la semence féconde
Du progrès éternel, de la félicité,
Et l'on verra bientôt, couronnant notre monde
De ses ailes de feu, la sainte Liberté!

Paris, 10 mars 1871.

___

(*) Ces paroles, mises en musique par M. Le Corbeiller, sont en
vente chez Colombier, éditeur, rue Vivienne, 6.

A NAPOLÉON III

POÉSIE RÉCITÉE PAR

Mme Eugénie PETIT

AU CIRQUE NATIONAL

HOMMAGE A MON PARRAIN

Dis-moi, Napoléon, qu'as-tu fait de la France ?
Qui pourra motiver ta lâche défaillance ?
Qu'oseras-tu répondre au malheureux pays
Ravagé, saccagé par le flot d'ennemis
Que toi seul as lancé sur notre territoire ?
Qu'oseras-tu répondre, hélas ! lorsque l'histoire,
Ce tribunal suprême où l'on doit te juger,
Devant tout l'univers, viendra t'interroger ?

Dis-moi, Napoléon, qu'as-tu fait de la France
Et de ses braves fils, si remplis de vaillance ?
Tu voulais notre honte et notre déshonneur !
Tu vendais tes sujets pour rester Empereur !
Tu voulais nous couvrir de cette boue infâme
Dont tu ne craignis pas, toi, de souiller ton âme !
Mais l'austère destin a trompé ton espoir,
Il a brisé ton trône et détruit ton pouvoir.

Dis-moi, Napoléon, qu'as-tu fait de la France,
De ces champs qui jadis rayonnaient d'abondance ?
Le sillon s'est durci privé du laboureur

Et l'écho ne redit que des cris de terreur !
On a tué les gens et brulé les villages.
Le canon en tous lieux a commis ses ravages !...
Voilà, voilà ton œuvre, ô grand Napoléon !
C'est l'œuvre d'un bandit, et parjure et félon !

Oui, ce sol glorieux, la belle et noble France
Hélas ! est maintenant la terre de souffrance !
Mais pour te dénoncer au monde tout entier,
Sa voix, entre deux pleurs, sa voix sera d'acier;
Pour demander justice en raison de l'outrage,
Pour lancer l'anathême à ton pâle visage,
Nous nous lèverons tous, nous que ta trahison
Dans Paris fit cerner comme en une prison.

Ton aigle a déserté les plaines de la France,
Trop longtemps son aspect pour nous fut une offense !
Il emporte en partant la haine et le mépris
De tous les citoyens et de tous les partis !
Ton aigle est un serpent qui rampe avec bassesse,
Qui, par sa fourberie et sa scélératesse,
Allume en notre sein la torche des combats
Et cherche à se sauver en livrant ses soldats !

Tu pouvais obtenir le pardon de la France
Et des siècles un jour mériter la clémence !
Il fallait pour cela te frapper sans retard
De ce fer qu'à Guillaume on porta de ta part !
C'était trop réclamer de ton cœur détestable ;
D'un pareil dévoûment tu n'étais pas capable
Et tu voulais, atôme, égaler le Titan !...
On subit Waterloo, mais on maudit Sedan !

Quel nom recevras-tu toi qui pour notre France
D'amour et de respect n'avais que l'apparence,
Toi, despote, tyran et perfide et menteur,
Qui violais nos droits sans la moindre pudeur,

Nous écrasais d'impôts pour payer tes caprices,
Et qui bien gorgé d'or, grâce à tes artifices,
Te retires soudain, quand pour nous mettre à bas,
Des milliers de Prussiens s'avançaient à grands pas?

Quel juste châtiment t'infligera la France
Pour avoir abusé de notre confiance !
Quel sceau réprobateur imprimer à ce front
Qui ne sais plus rougir sous le poids de l'affront,
S'il faut le mesurer à la grandeur des crimes,
S'il faut le mesurer au nombre des victimes?...
Que le peuple construise autant de piloris
Qu'il en faut pour ta race et tous tes favoris.

25 mars 1871.

ALSACE — LORRAINE

Chers et bons habitants d'Alsace et de Lorraine,
C'est en vain qu'à la Prusse un traité vous enchaîne;
C'est en vain qu'à nos bras on vient vous arracher,
La France, de ses fils ne peut se détacher.
Vainement vous tombez en des mains étrangères,
Nous ne cesserons pas de voir en vous des frères.
Au vôtre notre cœur sera toujours uni,
Et toujours votre nom, d'un charme indéfini
S'entourera chez nous. Toujours notre pensée
S'envolera vers vous doucement caressée.
Pour causer avec vous de notre beau pays
Nous franchirons l'espace, infortunés amis!
Nos mains iront presser les vôtres dans un rêve
Jusqu'au jour où le Ciel à nos maux fera trêve.

Non, il n'est pas permis d'oublier un instant
L'ardeur avec laquelle on vous a vus luttant
Contre cet ennemi dont vous êtes la proie,
Et qui sous son talon vous écrase et vous broie.
Non, non! noble Strasbourg, héroïque cité,
Dont la gloire vivra toute l'éternité,
Tu n'auras pas, lionne à la fauve crinière,
Combattu fièrement jusqu'à l'heure dernière;
Tu n'auras pas d'un siège enduré les tourments
Et supporté le feu des canons allemands,
Pour que l'on t'abandonne en la crise fatale
Qui te jette au pouvoir de la force brutale.
Nous entendons la voix et les gémissements,

Tes larmes, les soupirs et les déchirements.
Tu nous dis : Sauvez-moi ! sauvez-moi de l'abîme !
Oui, nous te sauverons, malheureuse victime :
Nous saurons te soustraire à ton horrible sort,
Dussions-nous pour cela braver cent fois la mort.
Nous faisons le serment d'accomplir cette tâche :
Quiconque y manquerait serait un traître, un lâche !

Eh quoi ! ces vastes champs couverts de blonds épis,
Ces côteaux, ces vallons aux verdoyants tapis,
Par le pied d'un vainqueur tout bouffi d'arrogance,
Seraient longtemps foulés ? Non, non ! c'est trop d'offense !
Que ce peuple odieux ne trouve que du fiel ;
Pour tes fils, sol fécond, garde en ton sein le miel.
Que pour eux seulement soient l'ombre des grands chênes,
Le toit de tes hameaux et l'onde des fontaines,
Ces trésors sont les leurs, ils leur furent volés ;
Mais avant que vingt ans, au plus, soient écoulés,
Ils seront retournés à leurs seuls et vrais maîtres,
Nous aurons reconquis le bien de nos ancêtres,
Ne nous arrêtant plus que ne soit effacé
Le sillon que le crime en tous lieux à tracé.
Qu'enfin ne soient vengés les affronts, les outrages,
Et que ne soit rendu le repos aux bocages.
Quelle indicible joie et quelle fête, alors !
Quelle vive allégresse et quels heureux transports,
Quand il aura brillé, ce jour semé d'ivresse,
Dont l'aurore viendra dissiper la tristesse
Qui voile notre front, ô regrettés absents ?
Nous chanterons en chœur l'hymne aux divins accents
Que savent les échos : l'hymne de la patrie,
Et l'amour cueillera les fleurs de la prairie.

Ainsi, nobles martyrs, ne perdez pas l'espoir,
Nous ne vous disons pas adieu, mais au revoir.

2 avril 1871.

PARIS BRULÉ

A quelle triste époque en sommes-nous hélas!
Et quel gouffre profond s'est ouvert sous nos pas!
N'était-ce pas assez d'une première lutte
Où la France, râlant, tombait de chute en chute?
Fallait-il entre nous mettre le désaccord
Et de nos propres mains aggraver notre sort?
Fallait-il, en un mot, pauvres fous que nous sommes,
Au rang des animaux descendre, nous, des hommes,
Des frères, des amis, destinés à s'aimer,
A se tendre les bras, non à se décimer.
Oh! la guerre civile! abominable chose!
Vrai présent de Satan, que de maux elle cause!
Que d'effroi, de tourments elle jette en nos cœurs!
Que de sang répandu, de victimes, de pleurs!

Qu'a-t-on fait de Paris, de la ville merveille
Qui dans tout l'univers n'avait pas sa pareille?
Que sont-il devenus tous ces beaux monuments
Qui de la capitale étaient les ornements?
Une aveugle fureur, une indicible rage
Ont fait passer sur eux le niveau du ravage?
Un terrible fléau, le feu, les a détruits,
Abimés, renversés en moins de quelques nuits!
Regardez, les voilà! qu'en reste-t-il? la place,
Où d'un doux souvenir on cherche en vain la trace!
On n'a rien respecté! Partout de noirs débris,
Des décombres fumants, voilà, voilà Paris,
Paris, temple des arts, centre de la science
Paris, fils du Progrès et de l'Intelligence!

Au milieu des obus qui sifflaient en passant,
Nous avons vu le ciel s'empourprant, s'embrasant !
Sur dix points à la fois s'allumait l'incendie !
Sur dix points à la fois, l'horrible tragédie
Déroulait ses tableaux qui faisaient frissonner !
Un pendant de Moscou qu'on voulait nous donner !
Nous avons vu monter ces rouges banderolles,
Des funestes combats affreuses girandoles,
Broyant dans leurs baisers et le marbre et le fer !
On aurait pu se croire au milieu de l'enfer.
Nous avons vu jaillir des bouquets d'étincelles
Entraînant des torrents de fumée avec elles !
Nous avons entendu les murailles craquer
Sous l'effort de la flamme et puis se disloquer !
Nous avons entendu crouler les édifices
Et nous avons gémi sur tant de sacrifices !
Nous avons entendu des cris de désespoir,
Des appels déchirants qu'on ne peut concevoir !

Les foyers sont éteints, la cendre est refroidie !...
Mais la misère est là, derrière l'incendie !
Il fallait, au matin, voir ces infortunés
Contempler l'œil hagard, leurs logis ruinés !
C'était tout leur amour, leur bonheur, leur richesse,
Le fruit de leurs labeurs, l'appui de leur vieillesse !
C'est à nous, que le ciel a sauvés du danger
Qu'il convient aujourd'hui d'aider, de protéger
Ceux qui n'ont plus d'abri pour reposer leur tête !
Réparons les dégâts produits par la tempête !
A force de courage, à force de vigueur
Il faut rendre à Paris son antique splendeur.
Paris doit, en dépit des revers, des désastres,
Briller comme un soleil au premier rang des astres.
Paris est immortel ; il doit, phénix nouveau,
Renaître de sa cendre, et plus grand et plus beau.

Paris, 5 juin 1871.

LA RÉPUBLIQUE

Je suis la République, un flot qui monte et gronde,
Je parle au nom du peuple, au nom du peuple roi ;
Mon appui, mon soutien, ma force, c'est la loi
Et ma voix doit avoir, pour seul écho, le monde !
C'est la voix du devoir, c'est la voix de l'honneur,
Elle est loyale et pure, elle est incorruptible,
Elle réclame un droit, un droit imprescriptible
Elle parle bien haut, et sans trouble et sans peur,
Cette voix jette à tous son cri d'indépendance,
Un cri qui part du cœur, un cri de liberté.
Ce cri si fier, si grand, qui veut l'égalité.
Ce cri qui des tyrans fait pâlir l'impudence.

La nuit sombre, un instant, s'est faite autour de moi,
Mais je l'ai dissipée en déployant mes ailes !
Me voici, moi, déesse aux fécondes mamelles.
France ! O noble pays, France, réveille-toi !
Les feux de la raison, au milieu de l'espace,
Ont guidé mon essor, éclairé mon chemin ;
J'accomplis en venant, les ordres du Destin,
Je répands ses bienfaits et j'en marque la trace.
Autour de mon drapeau, venez tous vous unir ;
J'ai pour devise Amour, Droit, Justice, Espérance.
Liberté ! Liberté ! que ton règne commence,
J'apporte le bonheur, le salut, l'avenir.
Mon souffle tout puissant renverse l'égoïsme,
J'abolis ces deux mots, Esclavage, Douleur ;
Sous mon regard d'acier, je courbe l'imposteur
Et mon bras ; lorsqu'il frappe, atteint le despotisme.

Nous allons voir enfin grandir l'humanité,
Et des erreurs des rois se déchirer la trame
Du Progrès ici-bas, moi seule, je suis l'âme !
A moi, siècles nouveaux, temps de prospérité !
Le peuple désormais portera sa couronne ;
Il fut pendant longtemps serviteur et valet,
Mais, relevant ce front qui naguère tremblait,
Aux princes il dira : « Je suis maître et j'ordonne !
« Je ne veux plus souffrir comme par le passé
» Et, machine vivante, être encor votre dupe ;
» L'ouvrier vaut autant que celui qui l'occupe.
» L'instant de la revanche est enfin commencé,
» Il faut à nos poumons un air semblable au vôtre.
» Ne sommes-nous pas tous des frères, des amis ?
» Aux mêmes règlements que chacun soit soumis,
» Pour arriver au bien, marchons l'un près de l'autre ;
» Que le talent partout ait sa place au grand jour,
» Que le mérite seul devienne une noblesse,
» Que l'homme, par lui-même, obtienne la richesse,
» Que courage, travail, vertu trouvent leur tour.
» Allons, messieurs, tendez la main au prolétaire,
» Pour le vrai citoyen, il n'existe qu'un rang,
» Et, ce but, nous l'avons payé de notre sang.
» Malheur à qui voudrait le vaincre ou s'y soustraire ! »

Ainsi s'exprimeront les enfants des faubourgs ;
Ainsi triomphera la plus sainte des causes
Ainsi refleuriront le printemps et les roses,
Ainsi la vérité brillera pour toujours.

15 juin 1871.

AIMONS-NOUS

Repoussons désormais toute guerre civile,
Mes frères, aimons nous d'un saint attachement;
De nos cœurs à chacun rendons l'accès facile
Et qu'un commun accord nous lie étroitement!
On ne peut rien fonder par le sang et les larmes,
Unissons nos efforts pour marcher en avant;
Le travail, le progrès, sont les meilleures armes,
Pour atteindre le but que l'on va poursuivant.

Confondons tous les rangs dans un même principe,
La noblesse de l'âme avec celle du nom;
Devant l'égalité que tout fiel se dissipe,
Du lien fraternel soyons tous un chaînon.
Que le même flambeau nous guide et nous éclaire,
Laissons parler en nous la voix de la raison,
Suivons, suivons le cours du bon-sens populaire,
De l'arbre du bonheur hâtons la floraison.

Nous ne devons former qu'une même famille;
Au foyer de l'amour réchauffons-nous un peu :
Vivre sous un ciel pur où resplandit et brille
Le soleil de la paix, doit être notre vœu.
Préparons la moisson, fils de la République,
Faisons régner partout la justice et l'amour,
Et ce que nous fit perdre un souverain inique,
Nous l'aurons retrouvé, mes frères, en un jour.

Paris, 30 juin 1871.

A LA FRANCE

J'ai pleuré tes malheurs, ô ma sainte patrie ;
Mon cœur a bien souffert, mais aujourd'hui ma voix
Te dit : Tu reverras, ma France tant chérie,
        Les beaux jours d'autrefois.

Par le fer et le feu tu fus bien mutilée,
On t'a réduite, hélas ! au plus affreux état,
Il t'a fallu compter d'une âme désolée
        Plus d'un sanglant combat.

Mais tu redeviendras cette reine du monde,
Dont les échos jadis célébraient la grandeur ;
Tu seras de nouveau cette terre féconde,
        Modèle de splendeur.

Ton étendard troué, tout noirci par la poudre,
Luira plus que jamais du prestige éclatant
Qui le faisait partout ressembler à la foudre
        Dans les mains d'un géant.

Jaloux de ses succès, le torrent de la Prusse
Dans ses flots tourmentés a voulu l'engloutir,
Mais il surnagera, défiant son astuce
        Qui ne peut l'avilir.

Qu'on le sache donc bien, la France est immortelle,
Et malgré ses revers doit reprendre son rang ;

Elle saura se faire une force nouvelle
    Avec un nouveau sang.

Nous avons vu pâlir un instant notre étoile
Dans un ciel orageux sans en être effrayés;
Les nuages épais qui la couvrent d'un voile
    Seront tous balayés.

Nous avons entendu mugir un vent perfide
Et notre dernier jour semblait être arrivé;
Demain, tout le dégât de sa course rapide
    Nous l'aurons relevé.

Nous avons contemplé l'horrible précipice
Dont les flancs hérissés se présentaient à nous.
Mais avant que la France en y tombant périsse,
    Prussiens, tremblez pour vous.

Nous avons vu l'écueil menacer notre barque
Sur la mer en courroux sans nous inquiéter;
A ton tour, roi Guillaume, ô trop puissant monarque,
    Tâche de l'éviter.

Pour nous servir d'abri, de bouclier, d'armure,
La Liberté se lève aux rayons du soleil,
Ainsi qu'un arbre altier elle étend sa ramure
    Aux charmes sans pareil.

Notre patriotisme est l'ardente fournaise
Où s'embrasent nos sens, où s'enflamment nos cœurs.
Nous nous rappellerons l'air de *la Marseillaise*
    Pour être les vainqueurs.

O France! ces guerriers accourus pour l'abattre,
Un jour, qui n'est pas loin, tu les étoufferas,

Tu les verras alors haletants se débattre
Dans tes robustes bras.

D'attendre et d'espérer il te faut le courage;
C'est le temps qui guérit les plus grandes douleurs;
Chacun s'inclinera, quand aura fui l'orage,
Au pied des trois couleurs!

Paris, 6 juillet 1871.

FIN.

TABLE PAR ORDRE

DES MATIÈRES.

FIN DE LA TABLE.

www.ingramcontent.com/pod-product-compliance
Ingram Content Group UK Ltd.
Pitfield, Milton Keynes, MK11 3LW, UK
UKHW021040220726
13924UKWH00001B/428